HISTORIAS PA[...]

CW00457837

DESESTRESAR

.

Antes de ir a dormir, descubre cómo

acabar con la ansiedad y el insomnio: un

cuento diferente por noche te ayudará a

relajarte y a conciliar el sueño

By

SLEEP LIKE A LOG

In no way is it legal to reproduce, duplicate, or transmit any part of this document in either electronic means or in printed format. Recording of this publication is strictly prohibited and any storage of this document is not allowed unless with written permission from the publisher. All rights reserved.

The information provided herein is stated to be truthful and consistent, in that any liability, in terms of inattention or otherwise, by any usage or abuse of any policies, processes, or Instructions: contained within is the solitary and utter responsibility of the recipient reader. Under no circumstances will any legal responsibility or blame be held against the publisher for any reparation, damages, or monetary loss due to the information herein, either directly or indirectly.

Respective authors own all copyrights not held by the publisher.

The information herein is offered for informational purposes solely and is universal as such. The presentation of the information is without a contract or any type of guarantee assurance.

The trademarks that are used are without any consent and the publication of the trademark is without permission or backing by the trademark owner. All trademarks and brands within this book are for clarifying purposes only and are owned by the owners themselves, not affiliated with this document.

Tabla de contenido

Carrera por el amor

Trevor era un joven muy apuesto, apasionado por los caballos y las carreras con carruajes; de allí que se había vuelto un ágil jinete, lo que lo llevó a participar en torneos, donde en muchos casos, había resultado ganador, haciéndolo un muchacho muy alegre y feliz.

Sin embargo, un día este joven asistió con sus caballos, a una competencia que se llevó a cabo en otro reinado. Al regresar, su ciudad había sido invadida y saqueada por el rey de una región vecina, y sus padres tomados como esclavos. Por lo que este joven tuvo que emigrar hacia otras tierras, sin saber cómo rescatarlos y tener nuevamente un hogar.

Anduvo errante por muchos lugares, pero un día pasó cerca de un río donde se bañaba una hermosa doncella, junto a su séquito. Al verla, Trevor quedó prendado de ella e intentó abordarla para conversar y conocerla, cuando un guardia real lo atajó y le dijo, "¡Alto ahí! Nadie puede acercarse a la princesa, son ordenes de su padre, el rey".

"Lo siento, no quería molestar, solo intentaba conversar un poco con ella", respondió el joven, algo desconcertado.

"Ya te dije que no puedes dar un paso más", replicó el guardia.

"¿Puedo saber a qué se debe tal restricción?, es una linda chica y creo que siempre van a existir jóvenes que se le quieran acercar, lo que es normal a esta edad".

El guardia, aunque cumplía órdenes, también estaba de acuerdo con lo comentado y decidió contarle un poco a Trevor el motivo.

"No me pareces una persona que le quiera hacer daño a la doncella, y por eso te explicaré brevemente lo que sucede: el rey ha tenido sueños premonitorios que sugieren que él morirá si su amada hija se casa con alguien que no sea digno de ella. Lo cual sólo se comprobaría sí alguien le ganara en una reñida carrera de carruajes. En vista de esto, ha prohibido cualquier acercamiento a ella, hasta que aparezca esa persona que le gane dicho combate".

"¡Qué casualidad! Yo soy apasionado a las carreras y estaría dispuesto a competir con tal de ser el esposo de tan hermosa dama", dijo Trevor muy decidido.

"Temo advertirte que no es tan fácil ganar en tal empresa, pues muchos lo han intentado y no han podido, ¡El rey es un fuerte contrincante!", exclamó. "Además, en sus sueños le sugieren que el perdedor debe ser encerrado, prisionero de por vida, para que no se cumpla tal vaticinio".

"Ella es tan hermosa que me arriesgaré, pues tengo mucha esperanza que ganaré y será mi esposa", dijo Trevor muy entusiasmado.

Mientras esto pasaba, Vanessa, que así se llamaba la joven, miraba desde el río al apuesto joven, con mucho interés.

El guardia le indicó al muchacho que para participar en la carrera, debía dirigirse al palacio dentro de dos días.

Trevor se retiró, no sin antes mirar hacia el río y despedirse de Vanessa saludándola con la mano, a lo que ella también respondió mientras sonreía.

Dos días después, ya los preparativos para la carrera estaban adelantados y, como era costumbre, asistía un gran número de espectadores.

La competición tuvo por punto de partida, el palacio del rey, desde allí irían hasta la plaza central, donde darían la vuelta para regresar al palacio, que también sería la meta.

Sin embargo, a Trevor no se le habían explicado totalmente las condiciones de la competencia. El rey, para no perder, obligaba a los contrincantes a usar una cuadriga más pesada; mientras que él usaba un carruaje muy liviano, que llevaba enganchado a la delantera sus dos corceles tan veloces como el viento.

El rey le permitió a Trevor conducir a sus propios caballos, no sabiendo que éstos también eran unos animales tan veloces o más que los suyos, además de ser muy fuertes y resistentes.

Otra condición que ponía el soberano, (y para que sus súbditos lo vieran como un buen rey), era darles un poco de ventaja a sus contrincantes a la salida, sabiendo que igualmente el siempre ganaría.

Mientras tanto, la doncella observaba desde su asiento, deseando enormemente que la victoria fuera para el guapo caballero.

Trevor le hizo una pequeña reverencia en la salida, mientras le decía, "Esta carrera la hago por tu amor".

Ella correspondió con una sonrisa disimulada, para que su padre no lo notara.

Dieron el aviso de partida, Trevor salió de primero como se había acordado pero, al principio, sus corceles se frenaron un poco por la pasada carga del carruaje, luego lograron dale el impulso a las ruedas y se les hizo más liviano, pues eran unos caballos muy fornidos y rápidos como flechas.

El rey, viendo que no logró retenerlos por mucho tiempo, como solía suceder con los anteriores competidores, decidió lanzarse prontamente a la carrera, por temor a perder.

Ambos competidores corrieron a grandes velocidades, pero, aun así, Trevor estaba en desventaja por el peso. El joven llegó primero a la plaza y cuando estaba por terminar de darle la vuelta, el padre de Vanessa estaba muy cerca de alcanzarlo. Afortunadamente, las ruedas del carro real se soltaron de los ejes y el cuadriyugo (carruaje de cuatro caballos) se desplomó.

El rey rodó por el suelo, pero se lastimó muy poco. En ese momento, el joven se percató de lo sucedido, detuvo rápidamente su cuadriga y corrió a ayudar al gobernante.

El rey, un poco aturdido aún, se levantó sujetando la mano de Trevor mientras le decía, "Eres un muchacho valiente y muy noble, eres el hombre digno que mi hija debe tener a su lado, puedes casarte con ella; lamento haber sido tan desleal".

"Tranquilo, sé por qué lo hacía, cualquiera en su lugar habría hecho lo mismo, no es fácil vivir tranquilo teniendo esas premoniciones. Yo estoy muy contento de poder ser el esposo de tan adorable doncella, y sé que ella me corresponde".

El gobernante preparó unas pomposas bodas, donde invitó a todo los del reino. Trevor y Vanessa fueron muy felices en ese palacio, y para mayor felicidad, el rey pactó pacíficamente para que devolvieran a los padres del joven, que desde entonces también vivieron en compañía de los nuevos esposos.

Bella vanidad

En determinado lugar, vivía la joven de extraordinaria belleza llamada Bella; sin embargo, era tan bella como vanidosa. Las demás chicas, más que admirarla por su hermosura, se alejaban; solo una de ellas, Rita, trataba siempre de acercársele, pero Bella no tenía interés en ser su amiga, pues no era muy agraciada para su gusto.

"¿Por qué te consigo en todas partes, pareciera que me estuvieras persiguiendo?", le decía.

"Solo quiero ser tu amiga, pues me he dado cuenta de que las demás chicas te huyen, no sé si por temor a quedar eclipsadas por tu belleza. Aunque sé que no soy bonita, no me preocupa tu hermosura, pues, por mi poca belleza, veo que todos también se alejan de mí. Así que pensé que tal vez podamos ser compañeras" dijo Rita,

A lo que Bella dijo con mucho desdén, "No me interesa ser amiga de nadie, pues ninguno puede igualar ni superar mi figura, mucho menos tú".

Rita se alejó un poco afligida, y Bella continúo su camino, altiva como siempre, moviéndose coquetamente para llamar la atención de todos.

Todos los jóvenes se quedaban embelesados por su belleza pero ella tampoco tenía interés por ninguno. Decía que solo se interesaría en alguien tan atractivo como ella y que ninguno de los que conocía cumplía con sus expectativas.

Mat era un chico que nunca había visto a Bella, y cuando la miró por primera vez, quedó prendidamente enamorado de ella, pero no con una simple pasión como los demás, si no que percibió algo oculto en ella que le inspira ternura.

Bella también vio a este chico, pues casi tropieza con él, pero también le fue indiferente, y hasta lo maltrató, "¡Quítate de mi camino adefesio!", le dijo bruscamente.

El joven solo le sonrió y se hizo a un lado. Sin embargo, él también tenía buenas facciones pero no lo aparentaba, pues usaba gorra y tenía el cabello un poco largo y descuidado, lo que le cubría parcialmente el rostro; además, no le prestaba mucha atención a su atuendo, que no era muy apropiado para la época. Para Mat, la belleza interior era más importante que la exterior.

Este chico, además era tartamudo, sobre todo cuando estaba nervioso, por lo que dudó en decirle algo, temía por su rechazo. Pero desde aquel entonces, no dejaba de pensar tiernamente en esa chica que lo maltrató. Cada vez que se la cruzaba, esperaba a que ella se fijara en él, pero siempre fue ignorado.

Un día Bella andaba ejercitándose por el parque, para mantener siempre su linda figura, pero se exigía tanto, que esa vez quedó tan extenuada y tuvo que reclinarse en una banqueta.

Mat, que casualmente también se encontraba trotando por allí, notó lo que le pasaba y fue hasta donde estaba ella para ver si podía ayudarla, "¿Qué, qué te papasa, te, te sieentes bieen?".

La vanidad de Bella hizo que sacara fuerzas para decirle groseramente, "¡Déjame, no quiero que te me acerques!", y se levantó para marcharse del lugar.

Mat quedó algo triste por su trato pero también estaba preocupado por ella, por lo que luego de unos minutos, decidió alcanzarla y observarla, aunque fuera desde lejos por si algo le sucedía nuevamente.

Aún el muchacho no le había dado alcance, cuando nuevamente Bella se sintió sin fuerzas y a punto de desmayar, que tuvo que volver a sentarse.

"¿Qué te pasa linda joven?, le preguntó una hermosa, pero misteriosa, mujer.

Bella, con pocas fuerzas para responder, dijo, "Necesito agua, no traje la mía".

"Toma un poco de ésta, estoy segura que te hará muy bien", dijo la misteriosa mujer.

La chica tomo varios sorbos e inmediatamente se sintió muy bien, "Gracia señora, que hermoso rostro tiene, ojalá yo también siga siendo muy linda cuando tenga su edad", dijo y se alejó, mientras la señora le mostraba una mueca de sonrisa sospechosa.

Mat alcanzó a ver a la señora darle el agua a Bella y cómo se recuperó velozmente, por lo que consideró que no era necesario abordarla, pero igual la siguió por precaución.

Más adelante, Bella empezó a tener molestias en su rostro, se pasó la mano y sintió que su piel ya no era tan suave y tersa como de costumbre, más bien era áspera. Al no tener un espejo, se acercó a una fuente de agua que había en el parque, y al ver su imagen reflejada, se espantó, pues ya no era tan bella como antes, más bien era bastante fea.

Aturdida, se llevó las manos a la cara y se puso a llorar, pues no concebía que ella, ¡La más hermosa!, tuviera un rostro tan feo.

El preocupado y amable joven, sin importarle la apariencia de la chica, se acercó y la tomó en sus brazos para consolarla. Ella sintió el calor del amor y la compasión, por lo que al fin entendió lo vanidosa y desdeñosa que había sido con todos.

"¡Qué mal me he portado contigo y con todos, no merezco tu compasión!", le dijo a Mat, aun sollozando.

Mat le respondió, "No te preocupes, a veces nos enfrascamos solo en darle valor a lo superficial, sin percibir los buenos sentimientos internos". En ese momento, él también se percató de que pudo hablar fluidamente, sin tartamudear, tal vez producto del amor que sentía por esta chica, aunque ahora ya no fuera tan bonita.

Estando así de cerca, Bella notó las lindas facciones que se ocultaban debajo del cabello de Mat, además de su tierna mirada y, por primera vez, sintió el amor verdadero.

Ambos intuyeron que el cambio en el rostro de la joven, tenía que ver con la misteriosa mujer. Y no estaban equivocados, esa señora tenía habilidades para preparar pócimas y decidió darle una lección a la vanidosa Bella.

Bella se tranquilizó y se resignó a tener esa nueva apariencia, ya no le importaría como la miraran los demás, más, estaba decidida a ser una mejor persona.

Caminaron largo rato por el parque, mientras charlaban y reían, hasta se correspondieron en el amor. Mat beso apasionadamente a Bella, y para sorpresa de ambos, el rostro de ella retomó nuevamente su anterior hermosura.

Sin embargo, el cambio en los sentimientos internos de Bella, no varió y, desde ese entonces, nunca más fue una chica vanidosa.

Teddy y Deisy

En una pequeña ciudad del sur de Europa, vivía un joven muy atractivo, pero su mayor cualidad era la astucia.

Un día el joven andaba caminado por la ciudad, cuando de pronto observó a una muchacha que paseaba por las calle con sus amigas y enseguida quedó totalmente prendado de ella.

Se le acercó y le dijo, "Hola soy Teddy, vivo en esta misma calle, me gustaría conocerte y salir contigo".

"Hola soy Deisy, gusto en conocerte, me gustaría salir contigo pero…" Y allí quedó la frase, pues en ese momento llegó su padre, que estaba en una tienda cercana.

"¡Deisy, ya te he dicho que no puedes conversar con cualquiera!", dijo el padre en tono brusco.

"Disculpe señor pero ¿Por qué su hija no puede acercase a mí?, no tengo nada contagioso ni nada por el estilo", replicó Teddy en tono desafiante.

"No ves que ella no es de tu misma clase. Te pido te mantengas lejos de ella, además ella ya está comprometida en matrimonio", respondió el padre un poco altanero, y se llevó a su hija de forma brusca.

Aun así, él no se dio por vencido y anduvo buscando la forma de ver nuevamente a la chica de sus sueños, hasta averiguó su dirección, ubicando astutamente a sus amigas.

Estas amigas lo ayudaron, llevándole recados a su enamorada, ¡Claro a escondidas de su padre!

Ella también sentía amor por Teddy y empezó a escribirle cartas. En ellas le hablaba de sus sentimientos hacia él, pero que su padre la tenía muy vigilada. Además, le explicaba que la había comprometido en matrimonio desde hacía un tiempo y ya habían iniciado los preparativos de boda. Este hombre con quien debía casarse, era muy adinerado pero ella no lo quería.

En vista de todo lo que le escribía Deisy y de saberse correspondido en el amor, intentó en varias oportunidades colarse dentro de su casa para escaparse con ella, pero nunca pudo llegar hasta donde se encontraba, por lo resguardado que se encontraba su hogar.

"Sí te vuelvo a encontrar rondando mi casa o intentando entrar en ella, te mandaré a encarcelar", le decía el padre de la muchacha, mientras le frustraba los intentos.

Un día Deisy asistió al templo, como era costumbre, acompañada por su madre y sus hermanas. Teddy, que también frecuentaba el lugar, aunado a que siempre averiguaba con sus amigas a donde le permitían salir a la chica, se encontraba desde muy temprano en el lugar.

Este chico, tenía un atuendo que lo hacía irreconocible para la familia de la joven; además se colocó en un sitio estratégico donde no notaran su presencia.

Teddy, haciendo uso del típico regalo amoroso, lanzó una manzana a los pies de la joven, con una inscripción que definiría el destino de Deisy cuando esta la leyera.

La joven, sin mostrar mayor interés frente a su familia, recogió la manzana, mientras ellos observaban.

"¡Qué hermosa manzana, tiene algo escrito, léelo!", le ordeno su madre, sin saber de qué se trataba.

Deisy leyó lo que decía: 'Juro por el ser supremo de este templo que no me casaré con nadie más que no sea Teddy'.

Al pronunciar estas palabras en un sitio tan sagrado, indudablemente debía cumplirse; no obstante, para disimular, la joven tiró nuevamente la manzana al cesto de basura.

Pasaron varios días, el padre de la chica continuaba con los pomposos preparativos del matrimonio. Los invitados vendrían de todas parte, claro, todos serían personalidades importantes.

Al acercarse el momento de la ceremonia, Deisy cayó en cama muy enferma, y permaneció así hasta que se suspendió el evento.

Luego de que la chica estuvo recuperada, el padre retomó el casorio, pero nuevamente, Deisy volvió a caer muy grave justo el día de la boda. Y así pasó una tercera vez.

El padre estaba intrigado y preocupado por los sucesos recurrentes, más aún cuando los médicos confirmaban que no se trataba de un engaño por parte de la muchacha.

Luego de martirizarse la cabeza, tratando de indagar el porqué de la inoportuna enfermedad de la muchacha, su esposa recordó lo sucedido con la manzana en el templo y le contó el episodio.

Su padre no dudo de lo que le contaba su señora, pues todos los juramentos hecho en ese templo, debían cumplirse, de lo contrario, las consecuencias serían nefastas.

Lo que reconoció también, fue el ingenio y la astucia de Teddy, al propiciar tal compromiso por parte de su hija, pues nunca se había jurado por amor en ese lugar. Y por un momento pensó, que tal pronunciamiento fue realizado por su hija, sin estar consciente del compromiso que adquiriría.

Se dirigió hasta la habitación de su hija para tratar de indagar un poco más el asunto y, al entrar, sin que él pronunciara palabra alguna, ella abrió los ojos y dijo, "Padre, debo informarte que sé lo que me está pasando, hice un juramento por amor en el templo y debo cumplirlo para poder salvarme, y no es por obligación que hice tal pronunciamiento, si no que he estado enamorada de Teddy desde aquel día que nos viste, y ese amor ha crecido mucho más con el tiempo. Así que te imploro me dejes cumplir mi destino al lado del hombre que adoro".

"Hija mía, qué equivocado he estado al querer casarte obligada por mantener la posición, sin ver la importancia del verdadero amor. Te concedo mi permiso para que realices tu vida al lado de ese muchacho que tanto amas. Ya lo voy a mandar a buscar para que lo veas, y para pedirle perdón por menospreciarlo".

Mientras esto ocurría, Teddy enterado de lo que le sucedía a su amada, se había trasladado nuevamente a afrontar al padre de la chica, esta vez más decidido que nunca, aunque lo encarcelaran de por vida.

Sin embargo, al llegar, ya el emisario estaba saliendo a buscarlo, lo hizo entrar hasta la habitación y él corrió a los brazos de su amada. El padre de ella le ofreció disculpas por los maltratos. Al poco tiempo, se celebró una hermosa boda llena de mucho amor entre Teddy y Deisy. Amor que duró toda la vida.

Camino a la montaña

Un grupo de cinco jóvenes amigos (Alex, Bruce, Frank, Anthony y Eddie) vivía en un poblado rural. Este poblado quedaba cerca de un río que pasaba rumbo a la alejada ciudad.

Hacia un lado de esta localidad, se alzaba una gran montaña, que se hacía cada vez más elevada, en la medida que se ascendía por ella.

Un día los compañeros, en su inquietud por conocer un poco más allá de las cercanías a su pueblo, decidieron realizar una expedición, por una semana, a un sitio bastante alejado y elevado de la montaña.

"Debemos comprar algunas provisiones para llevar" dijo Alex, que tenía más edad, pues era el único del grupo que había ido en otras ocasiones al lugar, y conocía lo necesario para el viaje. Además, él serviría de guía durante la expedición.

Esa tarde, fueron en bicicleta al pueblo vecino y compraron algunas cosas para comer esa semana, entre ellas un pescado preservado en sal, por si no encontraban carne durante la cacería en la montaña.

Estando en esto, empezó a llover, "¡Qué problema! Ahora se va a mojar el pescado y se dañará; no trajimos un recipiente para guardarlo", dijo Alex preocupado. Sin embargo, la vendedora lo tranquilizó y le regaló algo para envolver el pescado y las demás provisiones.

Al otro día en la madrugada, partieron rumbo a la montaña. Primero cruzaron el río, a través de un puente colgante, para luego empezar el ascenso. El camino estaba bastante mojado y resbaladizo por el aguacero del día anterior. El monte estaba empapado, por lo que al rozar con él, aumentaba la sensación de frío. Durante un buen rato, usaron linternas para alumbrar el camino, pues aún no había salido el anhelado sol.

Luego de subir por un buen trecho, lograron pasar los primeros cerros, para caer a un río menos caudaloso, donde habitaba una pequeña comunidad. Allí Alex tenía algunos conocidos que les brindaron café y desayuno. Ya el sol empezaba a brillar.

"¡Adiós amigos, muchas gracias por su amabilidad!", dijeron mientras retomaban el viaje como a los 30 minutos.

Caminaron un trecho largo, bordeando el río. En algunos casos el sendero subía y se alejaba del cauce pero más adelante volvía a acercársele, en ciertos puntos había que cruzar el afluente.

Con la salida del sol, todos estos parajes se veían hermosos con árboles de gran altura, abundantes helechos y musgos, agua cristalina, y aves muy coloridas, cantando por doquier.

"¡Que belleza de poza provocaba sumergirse en ella por un buen rato!", exclamaba maravillado Bruce.

"Es cierto, pero debemos darnos prisa, pues son aproximadamente 6 horas de camino y debemos llegar haciendo la comida", dijo Alex, mientras caminaba adelante.

Aun así, Bruce no dejaba de demorarse, deteniéndose a observar algunas cosas de la naturaleza, que no dejaban de sorprenderle por su belleza o rareza.

"Alex dijo que apuráramos el paso para llegar temprano", dijo Eddie que venía detrás de Bruce.

Más adelante, hubo que atravesar el río nuevamente, pero el sitio estaba un poco hondo. Cuatro de los jóvenes ya estaban del otro lado y escucharon un ruido detrás de ellos, era Anthony que se había resbalado dentro del agua y se había sumergido por completo, sin querer.

Todos voltearon y se rieron largamente por lo sucedido. Al salir, Anthony estaba todo empapado y hasta la escopeta para la cacería se le había mojado, tendría que ponerla a secar al llegar.

Luego de que Anthony se escurriera un poco, continuaron su camino, aun riéndose de la aparatosa caída de su amigo.

Ya cerca de la media mañana, la caminata y el sol empezaban a acalorarlos. Bruce, que era el que menos había salido de expediciones, se sentía un poco más fatigado, pues también llevó más ropas en su mochila.

"¿Podemos descansar un rato?, preguntó, "Estoy un poco cansado".

"Eso es porque trajiste mucho equipaje", dijo Frank.

"¿Para dónde pensabas que íbamos?, ¿Para la capital?", bromeó Eddie, y todos rieron.

Luego de un breve descanso y de bañarse en las ricas aguas, retomaron el camino, al momento en que Alex le dijo a Bruce, "Hagamos un cambio: yo llevo tu mochila, y tú la mía, que es menos pesada; además estoy más acostumbrado que tú a andar por estos lugares". Y así lo hicieron.

Continuaron la marcha pero esta vez el camino se empezaba a alejar del río, casi siempre en ascenso. Pasaron por algunas laderas, los árboles eran cada vez más grandes y el clima era un poca más frío, pero agradable.

En algunos terrenos moderadamente extensos o laderas, empezaron a aparecer, varios cultivos de maíz, yuca, ocumo, frijol, entre otros.

"Tomemos algunas mazorcar de éstas, para cocinar al llegar, pues conozco a los dueños y sé que no se molestarán, ya que ellos me dijeron que podía agarrar algunas cuando quisiera", dijo Alex mientras arrancaba la primera. Más adelante, en otros conucos, Alex también sugirió llevar ocumo y yuca, bajo la misma explicación. Los demás convenían en lo que el experto Alex decía, aunque les quedaba la duda de la completa sinceridad del amigo, pues tenía un gesto pícaro en el rostro. Luego se encontraron con terrenos o fincas más grandes, que ellos llamaban haciendas, donde había abundantes plantas de café, plátano y cambur, debajo de grandes árboles. De allí llevaron un racimo de cambur. Todos estos cultivos, permanecían solos gran parte del año, ya que sus propietarios subían eventualmente para limpiarlos y cosechar.

En una de estas haciendas, Frank, divisó un felino algo grande y lo mató, "Ya tenemos para la comida", dijo. Pues muchos de estos animales silvestres eran comestibles para ellos.

Después de andar cerca de siete horas caminando, llegaron al sitio destinado. Se trataba de una extensa plantación de café, la cual era de un señor vecino de su pueblo. Éste les había autorizado instalarse en su pequeña barraca eventual.

"Sé que ya tenemos suficiente carne del animal que cazaste por el camino Frank, pero yo me niego a perder este pescado que tanto nos costó preservar de la lluvia, así que prepararé una gran sopa con él, y utilizaré todo lo que 'nos regalaron' por el camino", dijo Bruce, mientras miraba a Alex. Y todos rieron por el cómico sarcasmo de su comentario.

Estando en la montaña

Los jóvenes Alex, Bruce, Frank, Anthony y Eddie, ya se encontraban en una hacienda cafetalera donde pasaría una semana de aventuras, como buenos amigos que eran. Ellos habían transitado cerca de siete horas a pie, desde su poblado rural, hasta llegar a dicha hacienda, ubicada en una parte bastante elevada de la montaña.

Para llegar hasta allí, habían ascendido por cerros, quebradas y ríos con hermosos escenarios naturales, donde vivieron algunas aventuras entretenidas.

Una vez dentro de la extensa plantación de café, la cual era de un vecino suyo, se instalaron en la pequeña barraca, que también era de uso eventual del dueño.

La barraca era muy pequeña y rudimentaria. Estaba construida básicamente con algunos troncos, sin paredes y un techo de láminas de zinc oxidadas. Justo debajo, a escasos dos metros del techo, había un entramado de palos, que usaba como cama, llamado soberado. Solo había una habitación muy pequeña, que más bien funcionaba a modo de depósito, para resguardar los pocos trastos que había; allí estaba un solo catre.

Ese mediodía, buscaron leña, hicieron un fogón y prepararon una gran sopa con un pescado que habían llevado, más todo lo que colectaron en los sembradíos, mientras venían en el camino.

"¿No es suficiente con todo lo que has comido, Eddie?, ya has repetido varias veces, ¡Vas a estallar de tanto comer!", dijo Frank.

"Y aun me falta comer unos cinco cambures de esos, que están bien grandes", respondió éste, y todos soltaron una carcajada.

Al rato de haber comido, se dedicaron a desollar un animal que habían cazado en el camino, para luego salarlo y colocarlo sobre el fogón, a una distancia prudente para que solo le pegara el humo y, de esa manera, preservarlo para los siguientes días. Pues, evidentemente, el lugar carecía de sistema eléctrico y de refrigerador.

En esa zona montañosa, los árboles eran muy altos, y brindaban bastante sombra a las plantas de café; además, el clima era un poco frío, pero agradable.

El agua llegaba hasta la barraca desde una tubería improvisada por su dueño, la cual provenía de un manantial que estaba ubicado más arriba de la barraca, pero no tan distante de ésta.

Esta agua era muy fría y, para bañarse, los jóvenes esperaban las horas del día donde el sol estuviera más caliente, se lanzaban encima dos cubetas con agua, se enjabonaban velozmente y, con un máximo de otras tres cubetas, se retiraban el jabón; para luego secarse lo más a prisa que pudieran.

"¡Uf, qué fría está el agua!", decían, y los otros se reían, pero internamente ya percibían el frío que les tocaría sufrir cuando les tocara su turno.

Esa tarde, organizaban un poco la barraca (ya que tenía bastante tiempo sin la visita de su dueño), pero Eddy, queriendo ser un poco más listo que el resto, dijo, "Yo dormiré en el catre, pues fui el primero en ver la habitación", y se sonrió pícaramente.

"Bueno, está bien, nosotros cuatro dormiremos en el soberado", dijo Alex, señalando hacia el techo.

"¿Y cómo se supone que dormiremos en ese poco de palos?, ¡Debe ser bastante incómodo!", dijo Bruce, que nunca había dormido en un entramado de maderas.

"Pues debes colocar debajo de ti, toda la ropa que trajiste, y así amortiguaras un poco mientras duermes", señaló Alex.

"'Qué bueno que traje suficiente ropa para colocar como colcha!, aunque ustedes se burlaban, diciéndome que parecía que iba de viaje para la capital", explicó Bruce, al tiempo que ellos reían por la broma.

Al caer la noche, era muy oscuro en los alredededores de la barraca, pero ellos estaban iluminados porque mantenían la candela encendida en el fogón. Estuvo lloviendo un rato y ellos se sentaron alrededor de la candela para mitigar el frío, mientras contaban historias.

Luego subieron a dormir en el soberado, pero al estar arriba, no tenían mucho sueño, así que se sentaron a charlar y bromear. Al rato se escuchó venir una ráfaga de viento, y como aun no estaban cobijados, sintieron demasiado frío. Se metieron debajo de sus colchas por un rato, pero luego volvieron a sentarse para seguir parloteando.

Anthony, que todo lo agarraba a broma, estaba al pendiente de la siguiente ráfaga y cuando escuchó que venía dijo, "¡Ahí viene, ahí viene...!", y se metió inmediatamente debajo de su cobija, muerto de la risa. Los demás, lo siguieron en su broma e hicieron lo mismo. Así pasaron largo rato charlando y riendo, cada vez que se acercaba el viento frío.

Eddie, que estaba en el catre, escuchaba lo divertido que estaban sus amigos en el soberado, se lamentó de esa elección que le llevó a estar solo en esa habitación. Desde la siguiente noche, se pasó a dormir arriba con sus amigos para no perderse la diversión.

Al día siguiente, salieron a dar una vuelta por el lugar y llegaron hasta una espectacular caída de agua desde un cerro. Decidieron bañarse en esa cascada, aunque no por mucho tiempo por estar un poco fría.

Al segundo día, exploraron otros lugares hermosos mientras bromeaban y se divertían mucho. Vieron muchas plantas que nunca habían visto en su pueblo, ni en ningún otro sitio visitado por ellos. Había muchas aves coloridas que cantaban durante todo el día.

Además de disfrutar de la aventura en esos parajes, también querían cazar un poco más para regresar a sus hogares con más carne, así que la cuarta noche alguno fueron de casería.

"Está haciendo mucho frío esta noche, así que vayan ustedes que yo me quedaré", dijo Bruce, y Anthony decidió quedarse a acompañarlo.

A las pocas horas regresaron los otros tres con buena casería, por lo que estaban muy contentos de poder regresar con alimentos para sus familiares.

Así concluyó la maravillosa semana en la montaña, querían quedarse por mucho más tiempo pero ya era tiempo de regresar. Partieron para su pueblo pero acordaron regresar el siguiente año. Inclusive, le iban a pedir al dueño de la hacienda que los invitara cuando fuera la cosecha de café, para así seguir conociendo y disfrutando de tan hermosos lugares.

Jugando en el rio

Era un período vacacional en un pueblo llamado San Valentín, por lo que el entusiasmo de los niños por jugar era muy grande, sobre todo por ir a bañarse en las aguas del río cuando el día estaba soleado y caluroso.

Hacía una hora que Joseph había desayunado con su familia y ahora estaba jugando con su hermanito en el jardín, cuando llegaron a la casa sus cuatro amigos. El primero en hablarle fue Steve, quién le gritó desde la entrada, "Hola Joseph, ¿Quieres ir con nosotros a jugar al río? El agua debe estar muy fresca".

A lo que Joseph respondió, "Me gustaría, pero primero debo pedir permiso a mi papá, a ver si me deja".

"Deberías hacer como yo: decirle a tus padres que solo iras a jugar a la plaza", dijo el pícaro Mathius, que era el más osado de todos.

"No me parece buena idea, porque mis padres se enfadarían si se enteran" contestó resuelto Joseph.

"Creo que mejor pides permiso, como debe ser, y así tal vez tu padre pueda acompañarnos y cuidar de todos nosotros mientras estemos en el río", intervino Peter, que al igual que Joseph, era un poco más sensato.

Joseph entonces le preguntó a su padre y éste convino en acompañarlos. Los cuatro niños, acompañados por el padre de Joseph, caminaron rumbo al río, el cual quedaba muy cerca del pueblo donde ellos vivían.

El río era muy hermoso y cristalino, con muchas plantas, rocas, arenas, peces, camarones y caracoles. Los niños empezaron su juego, haciendo castillos de arena a orillas del afluente.

"¡Miren que hermoso y grande quedó mi castillo¡", dijo muy contento Peter. Todos los demás contemplaron y admiraron alegremente la obra; pues, en realidad era un castillo muy bonito.

Pero hubo un momento en que Steve, accidentalmente pisó el inmenso castillo construido por Peter, lo que motivó a este último a corretearlo por toda la arena, mientras reían.

Joseph le gritó a Mathius para salir tras de los otros dos y jugar a las luchas en la arena, lo que provocó un gran bullicio con muchas risas, mientras se revolcaban en la arena. Brad, que así se llamaba el padre de Joseph, estaba sentado sobre una piedra y se divertía mucho al observar a los niños jugar; recordaba lo feliz que él también había sido durante su infancia.

"Tengan cuidado de que no les caiga arena en los ojos chicos", les dijo.

Luego de un largo tiempo de luchas y risas, los chicos quedaron todos sucios de arena, por lo que Mathius dijo efusivamente, "Lancémonos todos al río de una vez para sacarnos la arena y nadar".

Todos respondieron al mismo tiempo, "Muy bien", y se tiraron al río de manera precipitada.

Bajo la mirada vigilante de Brad, los muchachos nadaban felices, mientras observaban los peces que se desplazaban dentro del agua; también levantaron las piedras para ver si encontraban algunos animales debajo. Peter tuvo mejor suerte al encontrar un camarón con grandes tenazas, pero cuando Mathius intentó agarrarlo, Peter lo previno para que retirara la mano rápidamente. "¡Cuidado Mathius, que el camarón te pueda sujetar muy duro el dedo y herirte!", exclamó Peter. Joseph y Steve, mientras tanto, observaban algunos caracoles que se deslizaban sobre las piedras, debajo de sus coloridas y hermosas conchas. Sin temor, tomaron a los animales y los colocaron sobre un tronco que flotaba en el agua, para simular que los caracoles eran tripulantes que viajaban rumbo a una isla, en ese tronco que para ellos era un barco.

Steve decía, "¡Todos a bordo!, el barco zarpará rumbo a la isla que está en alta mar".

Y Joseph llamaba a los otros dos diciendo, "Apúrense que nos deja la embarcación y la siguiente tardará en pasar".

Al agitar fuertemente el agua, la supuesta embarcación se volteó, y algunos caracoles se fueron al fondo del río, lo que ocasionó mucha risa en los chicos, que luego se sumergieron a buscarlos, para volverlos a subir.

Pasado un rato, Mathius sugirió, "Vamos a nadar hasta la otra orilla del río, donde seguramente encontraremos más caracoles y otros animales".

Pero los demás no estuvieron de acuerdo, y se mantuvieron en este lado del río, mientras que Mathius se alejaba intentando llegar a la otra orilla. Justo en ese momento, Brad se percató de lo riesgoso de esa hazaña y decidió meterse también al río para estar más cerca de ellos y cuidarlos. Alcanzó a Mathius y lo llevó de regreso hasta la orilla donde se encontraban los demás.

"Mejor juega aquí en este lado, donde estén todos juntos. Cuando seas más grande, podrás nadar más libremente", le dijo muy cariñoso.

"Yo también seré un gran nadador como tú papá", le dijo su hijo Joseph.

Brat lo abrazó e invitó a todos a jugar con él, pasándolos, uno a la vez, de un lado del río al otro, lo que a los niños les divertía mucho, al mismo tiempo que se sentían muy seguros estando a su lado.

Un rato después, Brat se percató de que el río estaba aumentando de volumen, pues, aunque donde ellos estaban, el sol brillaba intensamente, había llovido hacia la zona montañosa.

Enseguida sacó a los chicos del agua, y éstos cayeron en cuenta del riesgo que hubieran corrido de haber estado solos en el río, por lo que se asustaron un poco. Brad entonces, tratando de suavizar el asunto y tranquilizar a los muchachos, les habló con dulzura diciendo, "No ha pasado nada, ya todos estamos a salvo, afortunadamente yo estaba con ustedes para estar al pendiente y cuidarlos".

Pasado un rato, todos recuperaron la calma y Brad los invitó a que observaran desde la orilla, los abundantes troncos flotantes que arrastraban las aguas, haciendo alusión al parecido con las embarcaciones, así como ellos jugaran momentos antes con los caracoles.

"¡Aquel es un barco enorme!", gritó Joseph al observar un gran tronco. Y todos echaron a reír.

Ya de regreso hacia el pueblo San Valentín, los niños nuevamente reían y jugaban con todo lo que se les atravesaba. Pero a partir de lo sucedido, Mathius fue un niño muy cuidadoso y sincero con sus padres. Los niños nunca perdieron la alegría ni dejaron de jugar.

El fin justifica los medios

La señora Smith tenía cuatro niños, dos hembras y dos varones. Aunque las niñas dormían separadas de los varones en su propio cuarto, todas las noches los niños se juntaban un rato en una sola habitación para charlar. Muchas veces la madre se acercaba, les apagaba la luz de la habitación y los mandaba a dormir, pero ellos igual seguían conversando hasta tarde.

Algunas noches la señora Smith les decía, "Sino se acuestan, se los van a llevar los duendes, unos enanos pequeños y orejones que se divierten asustando a la gente, especialmente a los niños".

Cierta noche, el hermano mayor quiso jugar una broma a sus hermanos. Se cubrió con una sábana blanca, entró sigilosamente en el cuarto dónde ellos estaban y exclamó en tono fantasmal, "¡Uuuuy!".

Los niños inmediatamente saltaron, más por reflejo que por miedo, y luego de ver a su hermano, rieron a carcajadas.

Pasaron más de diez años. Todos los niños se habían convertido ahora en unos jóvenes muy hacendosos y bien educados, excepto Richard, quien llevaba una vida libertina llena de continuos trasnochos, juegos de azar, alcohol y cigarrillo.

La madre preocupada ya no hallaba que hacer con él. Continuamente le decía que ya era hora de que dejara esa vida de ocio y libertinaje y que se enrumbara por un camino virtuoso.

"No sigas bebiendo de esa manera, Richard. El alcoholismo puede llevar a que las personas tengan horrorosas visiones." Le decía su madre.

Pero Richard no escuchaba consejo. "Descuida, mamá, yo sólo me divierto con mis amigos, estoy bien", respondía Richard, despreocupado.

Un día en que los hermanos Smith estaban reunidos conversando sobre su hermano mayor, a uno de ellos se le ocurrió una idea para intentar que éste dejara de beber y abandonara la vida de perdición que llevaba.

"¿Se acuerdan de cómo él trato de asustarnos cuando éramos pequeños?", preguntó Nelson.

"Sí, luego nos reímos mucho", dijo Frida.

"¿Creen que si le damos un susto unos de esos días en que esté ebrio, a Richard se le quiten las ganas de beber?", volvió a preguntar Nelson.

"Es posible", dijo Jane.

"Intentémoslo entonces", opinó Frida.

Comenzaron a hurgar un plan. Nelson explicó, "Esto es lo que haremos. Tomaremos la antigua silla de ruedas de nuestra tía Rose, luego sentaremos en ella un esqueleto de plástico de esos que Jane usa en sus clases de anatomía de la universidad y finalmente, cuando sea medianoche y Richard este durmiendo una de sus borracheras, haremos pasar la silla de ruedas con el esqueleto por enfrente de él, mientras hacemos rodar botellas llenas de agua por debajo de su cama".

"Pero… ¿Y si Richard se asusta demasiado? ¿No será peligroso?", preguntó Frida preocupada.

Entonces Jane, que estudiaba Medicina, le dijo, "Descuida, yo estaré vigilando atentamente sus reacciones".

Acordado el plan, los Smith se dedicaron a organizarlo todo con sumo cuidado.

Entonces, una noche en que Richard venia entrando zigzagueante y borracho a su cuarto, los hermanos se alistaron para actuar.

"¡A sus posiciones!", ordenó Jane.

Esperaron un corto rato a que Richard se durmiera. Nelson colocó las botellas debajo de la cama de su hermano, las ató con unos largos hilos y empezó a rodarlas desde su posición escondida dentro de un closet de la habitación.

El ruido de las botellas despertó al embriagado hermano, y cuando se incorporó en su cama, vio pasar enfrente de la puerta de su cuarto una silla de ruedas con una figura muy delgada sentada en ella.

Medio asustado intentó pararse, pero cuando puso los pies en el suelo, una mano fría, la de su hermana Frida, le tocó uno de los tobillos. Richard encogió sus piernas rápidamente y las subió a la cama, mientras en medio de su ebriedad, decía, "Esto me pasa por beber tanto, bien que me lo decía mi madre".

Los hermanos lo estuvieron observando hasta que se durmió de nuevo, y no se despegaron hasta cerciorarse de que estaba bien.

Al otro día por la mañana, todos esperaban ansiosos a que Richard se levantara. Éste apareció en el comedor como si nada, pero con el rostro un poco serio.

"¿Le habrá hecho efecto nuestro plan?", susurró Nelson a sus otros hermanos.

"Hay que esperar a que llegue la noche para ver si sale nuevamente", contestó Frida.

Esa noche Richard no salió a ingerir licor, vio un poco de televisión y se acostó temprano, como hacía tiempo no lo hacía.

Los hermanos estaban esperanzados con los resultados de su plan.

Las siguientes noches, Richard tampoco salió a beber.

Casualmente, una noche en que Richard estaba acostado en su habitación, un murciélago entró volando y se posó en el espaldar de su cama, dónde comenzó a moverse tranquilamente de lado a lado, mientras parecía mirar al muchacho.

Richard se dirigió entonces a dónde estaban sus hermanos reunidos y les dijo, "Saben, he decidido no ingerir más licor ni andar de noche por allí de parranda. De ahora en adelante buscare trabajo y me portaré bien".

Los hermanos Smith se alegraron mucho con esta noticia. "¿Y podemos saber que te hizo cambiar de opinión?", preguntó Frida. A lo que Richard contestó, "Sí, hace días que me suceden cosas extrañas. Primero me despierto una noche escuchando ruidos de botellas rodando por el piso, luego veo pasar a la tía Rose en una silla de ruedas frente a mi cuarto, después, una mano fría me toca un tobillo y por si fuera poco, un murciélago se para en el espaldar de mi cama y se balancea de acá para allá. Si no me estoy volviendo loco, creo que alguien trata de decirme algo".

Los hermanos se miraron entre sí. Estaban callados y con ganas de reír, pero también aliviados de que su hermano al fin parecía querer sentar cabeza. Ninguno dijo nada sobre lo que habían hecho, sólo abrazaron a su hermano celebrando su decisión.

Años después, cuando Richard ya era un hombre mayor y había superado todos sus vicios, Jane le reveló el plan en medio de una reunión familiar. Richard de inmediato soltó una sonora carcajada, luego de lo cual exclamó, "¡Así que fueron ustedes!". Finalmente abrazó a cada uno de sus hermanos y les dijo, "Gracias".

El secreto de la reina

Hace mucho tiempo, en un bello y pacífico reino, vivían dichosamente un rey llamado Bernard y su esposa Victoria.

Un día la reina dio a luz a unos gemelos, hembra y varón. Pero como en esa época y lugar el traer al mundo a dos niños a la vez se consideraba una desgracia o de mala suerte, la reina decidió ocultar el nacimiento de la niña. Llamó entonces a su partera, de nombre Esther, y le dijo, "Toma a la niña y sácala en secreto de palacio. Ni el Rey ni nadie deben saber de su existencia".

"¡Pero su majestad, yo no tengo los medios necesarios para cuidar a esta niña!", dijo la partera.

"No te preocupes, Esther, toma un puñado de joyas de las muchas que guardo en ese alhajero y úsalas para darle una vida digna a mi hija. Llámala Claudia y cuídala mucho, por favor".

Esther salió entonces cuidadosamente del palacio llevando a la niña en sus brazos.

Mientras tanto, el rey y sus súbditos celebraban el nacimiento del primogénito con un inmenso festín e infinidad de aclamaciones.

La niña creció en la humilde morada de Esther hasta convertirse en una hermosa y valiente jovencita, mientras el príncipe Henry tuvo una infancia rodeada de abundantes lujos, riqueza y atenciones.

Un día, mientras la joven se hallaba en el mercado del pueblo comprando algunos alimentos, al joven príncipe se le cayó algo de su caballo. Claudia se apresuró a recogerlo y cuando levantó su rostro para mirar al jinete, éste quedó impresionado por la belleza y rasgos finos de la campesina.

"Gracias por recoger mi pañuelo, ¿Cómo te llamas, campesina?", preguntó el príncipe.

"Claudia", respondió ella.

"¿Te gustaría trabajar en mi palacio?", preguntó Henry.

"¿Y para qué podría yo servirle?", preguntó intrigada la muchacha.

"Mi madre necesita una criada personal", respondió Henry.

"Si acepto, ¿podría llevar conmigo a mi madre?",
inquirió Claudia.

"Por supuesto", respondió el príncipe, quien estaba
muy interesado en tener cerca a la muchacha.

Cuando Claudia se presentó ante la reina y le dijo que
su madre era una señora llamada Esther, la reina
sospechó enseguida que se trataba de su hija. La
recibió con una gran sonrisa y la invitó a sentarse para
conversar.

El joven príncipe no entendía el porqué de la actitud
tan amable de la reina hacia la recién llegada
campesina, pero como se sentía muy atraído por ella,
las dejó para que se siguieran entendiendo.

Cierto mañana Claudia conoció a un apuesto soldado miembro de la caballería del rey, y pronto se enamoró de él.

El príncipe celoso, al ver que el soldado un día dejaba su puesto de vigilancia por sólo unos pocos minutos para encontrarse con su enamorada, mandó a encarcelarlo acusándolo de falta a la corona.

Cuando Claudia se enteró de esto, la invadió una gran tristeza.

"¿Qué te pasa? ¿Por qué hoy luces tan triste?", preguntó la reina a Claudia mientras ésta le peinaba su cabello.

"Es que amo a un joven soldado que fue encarcelado hace días por orden del príncipe, pero yo estoy segura de que es inocente", respondió la joven.

"Veré qué puedo hacer al respecto", comentó la reina.

En esos días, el príncipe organizó un banquete al cual asistieron muchos invitados. Mientras caminaba por un pasillo del palacio, Claudia sin querer escuchó una conversación en la cual aparentemente estaban planeando capturar al rey y su familia. La chica se puso alerta y decidió mezclarse entre los invitados para observarlo todo bien de cerca.

Corrió a ponerse un hermoso vestido que la reina le había obsequiado y luego se internó en el jolgorio con mucha cautela. Cuando el príncipe la vio, no le quedaron dudas sobre su amor por ella. Inmediatamente se acercó para hablarle.

Mientras Claudia y Henry conversaban, el rey y la reina bailaban animosamente muy cerca de ellos. De pronto, la campesina se percató de la presencia de un hombre que avanzaba sigilosamente entre la multitud y poco a poco se iba acercando al rey.

Entonces, al ver en el rostro del hombre la malvada intención de desenvainar la espada que llevaba colgada a la cintura, en un rápido reaccionar Claudia asió al rey con fuerza por los hombros y lo empujó detrás de ella.

El confundido y descubierto enemigo quedó inmóvil en medio del salón con su espada levantada, al tiempo que los soldados se apresuraban a proteger a su rey.

Todos los presentes quedaron impresionados por la rápida actuación de la muchacha; la reina estaba orgullosa de su hija, a quien desagraciadamente no podía abrazar abiertamente en público, y el rey aún no se recuperaba del fallido intento de derrocamiento.

Cuando por fin todo volvió a la calma, el monarca se dirigió a Claudia diciendo, "Bella niña, haz salvado mi vida, y por ello, mi familia y yo te estaremos eternamente agradecidos". Luego añadió, "¿Qué pides a cambio por haberme salvado la vida?".

Claudia no lo pensó dos veces, "Sólo deseo que libere al soldado Edward, porque estoy segura de que él no ha cometido ningún acto en contra de su majestad".

El príncipe, avergonzado por su falsa acusación en contra del soldado, y agradecido por la valiente acción de la muchacha, no le quedó más alternativa que decir ante todos, "Yo mandé a encarcelar injustamente al soldado Edward a causa de los celos que me embargaron cuando me di cuenta de que era amado por esta leal y hermosa mujer. Por ello, y si mi padre me lo permite, ordeno que sea liberado de inmediato".

"Que así sea hecho", confirmó el rey.

Claudia se inclinó reverencialmente ante sus reyes y se retiró agradecida. Luego decidió volver a su casa con Esther, en donde Edward comenzó a visitarla con frecuencia.

En el palacio, la reina no soportaba más el peso de su secreto. Extrañaba tanto a su hija, que decidió confesarle todo a su marido. Éste no tardó mucho en comprender la razón del proceder de su esposa, así que la perdonó y se fue junto con ella y su hijo a buscar a Claudia. Al llegar, y luego de que Esther y la reina hubieron hablado un rato a solas con la joven, los cuatro miembros de la familia real al fin pudieron unirse en un conmovedor abrazo.

Una lección para Keyla

En un aula de la escuela secundaria, una profesora joven y romántica organizó una despedida para sus alumnos. Tomó una cesta llena de pequeños papeles arrugados e hizo que cada alumno sacara uno de ella. Cuando cada uno tenía el papel en sus manos, la profesora les pidió que lo leyeran. Les dijo que allí debían encontrar el nombre de la persona a quien debían entregar un obsequio el día de la fiesta de despedida.

"Además, una vez entregados los regalos, todos los varones deberán invitar a bailar una pieza de vals a la chica a quien le hayan entregaron el obsequio", agregó la profesora.

Cada alumno fue destapando su papelito, y cuando le tocó el turno a Keyla, ésta sonrió maravillada cuando vio que le había correspondido obsequiar al chico más guapo del salón.

Pero cuando el joven más desaliñado y callado del aula sacó el nombre de ella, Keyla comentó con desdén, "No puede ser que ese chico tan feo y desagradable sea quien vaya a regalarme y con el que tenga que bailar".

Cuando la joven llevó la noticia sobre el evento a su madre y le habló con menosprecio sobre el compañero de clase a quien le había tocado ser su pareja de baile, la señora le dijo, "No debes despreciar nunca a nadie por su apariencia, podrías llevarte una gran sorpresa".

Cuando llegó el día de la fiesta, Keyla contaba los minutos para entregarle su regalo al joven guapo que le asignó el azar. Ella se había vestido con su mejor traje para impresionar al joven.

La profesora los reunió a todos en un gran círculo en medio del salón y les dijo, "Es hora de comenzar con el intercambio de regalos. Las chicas comenzaran a entregar sus regalos a los chicos".

Keyla estaba inquieta. Cuando le tocó su turno de entregar, el corazón le palpitaba fuerte y le sudaban las manos. Con voz dulce mencionó el nombre de su compañero. Éste se acercó a ella con un caminar petulante, y cuando ella le entrego su obsequio, él sólo se limitó a decir en tono desganado, "Gracias", y se volteó sin hacer el menor gesto de agrado.

Keyla se sintió despreciada, pero pensó que cuando el joven destapara el obsequio que ella con tanto gusto le había escogido, él se volvería para agradecerle y quizás hasta la invitaría a bailar o a salir.

Nada más alejado de la realidad. Cuando el presumido joven destapó el obsequio y advirtió que era una billetera de cuero, muy bonita por cierto, exclamó, "¡Qué mal gusto, yo tengo otras mucho mejor que éstas!".

Keyla estaba destrozada. No podía creer lo que había escuchado. Se fue para un rincón apartado del salón y allí permaneció por un buen rato, hasta que la profesora informó, "Ahora es el turno de los chicos de obsequiar a las chicas, y de conducirlas hasta la pista para bailar el vals."

Cada joven fue entregando su regalo y llevando a su elegida a bailar, mientras Keyla esperaba en su rincón del salón sin ninguna emoción.

Llegó al fin el momento en que Rick, así se llamaba el joven, otorgara su regalo a Keyla. Cuando el muchacho se paró en medio del aula para hacer su entrega, Keyla notó sorprendida que la apariencia del joven había cambiado mucho. Llevaba una camisa sencilla y ceñida que le hacía notar sus poderosos músculos, y unos elegantes zapatos color crema como de terciopelo. Su cabello estaba muy bien peinado y cuando se acercó, el perfume que despedía dejó a la chica como en las nubes.

El joven entonces dijo a Keyla en voz baja, "Sé que hubieses preferido que otro te obsequiara en lugar de mí, pero yo he sentido mucho gusto en buscar este obsequio para ti, espero, desde el fondo de mi corazón, que te agrade".

Keyla no sabía que decir, tomó el regalo con cuidado y comenzó a destaparlo. Las chicas del salón le gritaban, "¡Destápalo ya, queremos ver qué es!". Tenían mucha curiosidad de saber que regalaría este chico a quien todos los días veían con los ropajes más raídos y simples.

Al fin Keyla terminó de descubrir su regalo. Era el cofrecito verde con adornos dorados más hermoso que jamás había visto. Cuando levantó su tapa, una pequeña bailarina comenzó a dar vueltas al son de una bella melodía.

"¡Oh, es el regalo más bello y costoso que han entregado hoy!", exclamaron unas jóvenes al verlo.

Keyla estaba feliz y apenada a la vez. Nunca se imaginó que Rick le daría semejante obsequio. Mientras miraba su bella caja de música, no podía dejar de pensar en las palabras que ella había pronunciado cuando él sacó el papel con su nombre de la cesta.

En ese momento recordó las palabras de su madre cuando ella le contó sobre el chico. Así estaba Keyla en sus pensamientos, cuando de pronto se le acercó Rick para llevarla a la pista, porque ya iba a comenzar el baile.

El joven le ofreció su brazo mientras la miraba fijamente y le sonreía. Luego la condujo solemnemente a la pista, donde las otras parejas esperaban ansiosas.

Comenzó a sonar el vals. Al danzar, Keyla sentía que flotaba en el aíre. Disfrutaba de la música y de la compañía del joven. Su corazón comenzó a latir fuertemente, y en un momento de éxtasis que a ambos les pareció una eternidad, él joven rozó con sus labios los de ella.

Cuando la música se detuvo, Keyla estaba feliz y ruborizada. Los dos jóvenes salieron un momento al jardín de la escuela para conversar.

Antes de que el muchacho comenzara a charlar, ella se adelantó para decirle, "Hoy me has dado una gran lección sobre el significado de la verdadera belleza. Cuando llegué a la fiesta, yo estaba embelesada por la belleza exterior de Henry, pero al conocerlo, me di cuenta de que no alberga nada bueno ni bello en su corazón".

Keyla entonces continuó, "Y luego tú me mostraste la verdadera belleza, aquella que reside en el interior de las personas y que se manifiesta en acciones y actitudes humildes. Gracias, Rick, por haber abierto mis ojos".

"No fue nada, Keyla", contestó Rick. Y los jóvenes se dieron un tierno abrazo.

Diversión en la playa

Era carnaval, fecha donde mucha gente aprovecha para relajarse asistiendo a lugares de esparcimiento. Algunos de estos sitios son las playas, ya que, en estas épocas, el sol es intenso y aumenta el calor.

Ernst estaba llegando a la vivienda de su mamá, cuando observó un carro estacionado frente a la casa. Se extrañó un poco porque no había visto antes ese vehículo.

Al acercarse un poco más, nota que hay una persona metiendo cosas dentro del vehículo. Pero al verle el rostro, se da cuenta de que era su sobrino mayor, que era casi de su misma edad, y se habían criado como hermanos.

"¡Hola Jeffrey!, ¿Cómo estás?, ¿Qué andas haciendo?", le preguntó Ernst.

"Ernst, que bueno que te veo, precisamente, estaba pensando en ti, pues me acaban de invitar para una playa que queda en las afuera de la ciudad. ¡Me dicen que es espectacular! ¿Quieres venir conmigo?". Le pregunto su sobrino.

"En verdad que no me caería mal un baño en la playa, sobre todo con tanto calor que está haciendo; además, hasta ahora no tenía ningún plan ni invitación para estos carnavales, ya me estaba aburriendo", contestó Ernst con mucho entusiasmo.

"¡Pues no digamos más, debemos salir ya! Hay una embarcación que me está esperando en el muelle; dijeron que regresaríamos mañana", señaló Jeffrey, muy apresurado.

"¡Cónchale, yo no tengo nada preparado para ir a ese sitio!", exclamó el tío.

"Tranquilo, solo toma tu cepillo dental y un shorts, que allá te presto de mi ropa, aunque tampoco llevo mucho", le recomendó Jeffrey.

"Ya regreso", dijo Ernst y entró a la casa de su madre. Allí agarró rápidamente lo sugerido, le dio un beso de despedida a su madre y salió a toda prisa.

Se subieron al vehículo rumbo al muelle, y Ernst le dijo a su sobrino que sí se podía detener un instante para comprar rápidamente unas bebidas y algo de comer para llevar. En esa misma vía estaba un local comercial, y compraron esas cosas.

Al llegar al muelle, ya todos estaban embarcados y casi listos para salir. Eran 15 personas adultas en total, que asistirían a ese compartir. Ernst y Jeffrey se bajaron apresuradamente del carro y le entregaron las llaves a su dueño, pues era del hermano de un amigo de Jeffrey que no iría a la playa, pero que se lo había prestado para ir a buscar unas cosas. "¡Eh!, espérennos que ya estamos aquí", gritó Jeffrey, mientras caminaban apresuradamente hacia la lancha.

Estando en la cubierta, saludaron a todos, le presentaron a los que no conocían y partieron a disfrutar de ese tiempo de carnaval en la playa.

Llegaron al lugar de destino, era una playa que quedaba en una pequeña isla, bastante distante de tierra firme. En efecto, la playa era espectacular, como le habían dicho a Jeffrey, el agua era limpia y cristalina, la arena era muy blanca y extensa. Habían pocas cabañas en la orilla, en una de esas se instalarían, aunque era muy pequeña para 15 personas. En varios sitios vendían víveres algunos alimentos, bebidas, entre otras cosas. El dueño de la cabaña donde permanecería, tenía una casa que quedaba en tierra firme y para llegar hasta allí se trasladaba en un pequeño bote que tenía una especie de motor diseñado por él mismo, de forma casera, usando piezas usada.

Durante el día, todo el grupo tomó sol, jugó en la arena con un balón, se bañó, etc., disfrutando a plenitud del lugar y de la ocasión.

Ya en la noche, el dueño del local les anunció, "Hoy mi hija Chelsea está de cumpleaños y están invitados a celebrar con nosotros, le cortaremos una torta, disfrutaremos de una buena comida y de la música", e inmediatamente abrazó a su hija que estaba a su lado.

"¡Yo invito la bebida!", gritó Ernst que ya se había sentido atraído por la linda muchacha desde que la observó durante la tarde, mientras ésta jugaba en la arena. Pasaron gran parte de esa noche de fiesta, bailando y comiendo, cantaron el cumpleaños y partieron la torta. Luego, decidieron hacer una fogata en la arena, para seguir compartiendo y contar chiste, historias y anécdotas, mientras reían.

Luego Ernst pudo hablar más privadamente con Chelsea y empezaron un noviazgo.

Cuando todos fueron a dormir, en vista de que la cabaña disponía de poco espacio, se acomodaron en dos camas que había, en sillones o dónde pudieron, pero no les importó, era parte de la aventura; dos de ellos llevaron sacos para dormir y otros llevaron carpas.

Al día siguiente, se levantaron un poco tarde, algunos bañaron o jugaron en la playa, otros se sumergieron a bucear. Ernst y Jeffrey le pidieron el bote prestado al papá de Chelsea y salieron a pescar. Como el pequeño motor improvisado era demasiado lento, tardaban mucho en ir de un lugar a otro y lanzar el palangre, afortunadamente, llevaban algo para tomar y pasar el rato.

Unos muchachos que pasaron cerca en un bote más veloz, se mofaron alegremente, "¡Van a tardar un poco en llegar a aquel lugar!, ¿Sí quieren, los remolcamos?", y continuaron muertos de la risa.

Así pasaron un buen rato, pero no lograron pescar mucho, por lo que regresaron un poco apenados y los amigos se rieron de ellos. "Deberían ir ustedes en esa 'tortuga' a ver si logran pescar algo", dijo Jeffrey, mientras reía.

El grupo había planeado regresarse esa tarde, pero decidieron quedarse un día más, disfrutando del ambiente. Al siguiente día, la lancha donde regresarían, se dañó y tuvieron que permanecer tres días más en el lugar, mientras conseguían una pieza para repararla.

Como era carnaval, y el ambiente estaba bueno, al grupo no le importó pasar el resto de la semana disfrutando, aunque Jeffrey tuvo que prestarle ropa a Ernst, ya que solo llevó un short adicional.

Cuando hubieron reparado la embarcación, todos regresaron satisfechos y Ernst se despidió apasionadamente de su novia, a la cual seguiría frecuentando.

Al llegar a su casa en la ciudad, Ernst le dijo a Jeffrey, "A veces, es mejor no planificar tanto las cosas para que salgan bien".

"Sí, pero es bueno, aunque sea, llevar un poco más de ropa por si hay que continuar con el disfrute", dijo, y ambos se echaron a reír.

CPSIA information can be obtained
at www.ICGtesting.com
Printed in the USA
BVHW041058130521
607269BV00012B/2433

9 781801 566599